KB209472

그림이 비를 맞다

박찬순 시집

그림이 비를 맞다

박찬순 시집

〈서문〉

단 한 사람의 가슴을 울리는

참으로 오랜 시간 동안 담금질을 했다.

부족한 작품이
오랜 담금질에 조금은 나아졌으려나?
단 한 사람의 가슴을 울리는
작품이 있기를 바라며
이 집을 세상에 내놓는다

2024년 12월 20일

◈ 차 례 ◈

005 …… <서문>

1. 아버지 냄새

013 …… 아버지 냄새
014 …… 어머니의 꽃밭
016 …… 참 가벼웁다
017 …… 엄마에게
018 …… 어머니
019 …… 어머니 · 1
020 …… 큰동생에게
021 …… 막내에게
022 …… 저녁 화장실에서
024 …… 보물찾기
025 …… 콩나물국을 먹다가
026 …… 장맛날 · 1
027 …… 장맛날 · 2
028 …… 장맛날 · 3
029 …… 장맛날 · 4
030 …… 소나기
031 …… 볕 좋은 날
032 …… 사랑 연습

2. 희박한 기억에 대한 반성

035 …… 호박덩굴 · 1
036 …… 호박덩굴 · 2
037 …… 호박덩굴 · 3
038 …… 하루살이
039 …… 하루살이 · 1
040 …… 돈을 밝히다
041 …… 봄에는
042 …… 꼬부랑
043 …… 만취 그 후
044 …… 장미
045 …… 신 알라딘 램프를 위해
046 …… 희박한 기억에 대한 반성
047 …… 잡초
048 …… 겨울 평상
050 …… 신을 모시고 산다
051 …… 신발
052 …… 신용불량에 입장하다
054 …… 좁쌀만 한 것들의 아우성을 듣다

3. 맛보기 공양

057 …… 신은 어디에 있는가
058 …… 바다가 얼다
059 …… 외로움이 진하면 울음이 나던가?
060 …… 술 권하는 여자
061 …… 신발을 얻어 신은 적이 있다
062 …… 미물에게
063 …… 11월의 장미
064 …… 재채기
065 …… 석고대죄
066 …… 초승달
067 …… 초코파이
068 …… 김 주사네 사위 보던 날
069 …… 메밀꽃 필 무렵
070 …… 도명산에서
071 …… 맛보기 공양
072 …… 아득한
073 …… 양반노릇
074 …… 그림이 비를 맞다

4. 선녀와 나무꾼

077 …… 그리움의 끝은
078 …… 선녀와 나무꾼
079 …… 선녀와 나무꾼 · 1
080 …… 선녀와 나무꾼 · 2
081 …… 선녀와 나무꾼 · 3
082 …… 정류장에서
083 …… 지하도를 나오는 길
084 …… 내 고향은
085 …… 수박 고르기
086 …… 비늘을 훑어내며
088 …… 고물 텔레비전
090 …… 기억나지 않습니다
091 …… 무슨 죄를 지었기에
092 …… 현기증
093 …… 내게로 와서 별로 뜨고 있다
094 …… 겨울도 진한 눈물을 흘리며 떠나는구나

5. 어미에게서 세상에게로

097 …… 누구의 바람 저리도 깊어
098 …… 어미에게서 세상에게로
099 …… 이열치열
100 …… 열대야
101 …… 더위 먹은 환자
102 …… 늙어버린 사과, 그녀
104 …… 산그늘을 담는 외눈
105 …… 우울우울 샘을 파는
106 …… 파지 줍는 노인
107 …… 시골 버스
108 …… 이웃사촌
109 …… 봄은 화가
110 …… 봄은 화가・1
111 …… 봄
112 …… 봄・1
113 …… 밤

114 …… 해설 / 바람의 영혼이 부르는 이야기 노래

1.

아버지 냄새

아버지 냄새

고개 너머 있던 분교

어릴 적 학교에 가기 싫어하면
학교까지 업어다 주곤 하셨던
아버지 등에서 향기가 났다

그 향기를 맡으면서 갔지
구수하고 구수했던 아버지 냄새
세상이 다섯 번 바뀌었어도
잊혀 지지 않는다

일하느라 흘렸던 땀
아주 구수한 아버지 냄새

어머니의 꽃밭

텅 빈 마당 꼬투리 풀고 나온 콩들처럼
슬픈 소식들 쏟아져 톡톡 구를 때마다
어머닌 겨우내 귀를 청소하곤 했지
이른 봄부턴 아픈 상처 어루만지듯
당신의 마당 가에 꽃 한 포기씩 심었는데

아리고 아린 뉴스가 배달 될 때마다
마당은 조금씩 줄어들어
꽃들로 채워져 가고 있었다
꽃 같은 소식 한번 들어보는 게
소원이 된 걸 아는지 모르는지 하루는
오후에만 다섯 포기의 꽃을 심기도 했다

자고 일어나면 세상은 어머니에게
호미로 가슴 후벼 파듯 꽃을 심게 만든다
상처 위로 덕지덕지 붙여지는 대일밴드처럼
마당은 꽃으로 채워져
방에 들어가는 흔적을 지워가고 있었다

희미한 흉터처럼,

슬픈 소식은 내쳐 달려오다 그만
꽃밭에 걸려 넘어지기나 했을까
아물 날 없이 진물 뚝뚝 흐르는 아픈 가슴엔
온통 환하게 꽃이 피기 시작했다.

참 가벼웁다

어머니 가슴 너른 풀밭에
수많은 말을 키웠다

씽씽 천리마가 달려 나가더니
때로는 고요하기만 하던 말(言) 농장*
지나간 시간만큼
어머니의 말 농장에선 말들이
또그닥 또그닥 달려 나갔을 것이다

이제 풀밭은 노쇠하여
말들 또한 하루에도 몇
농장 밖을 나올까 말까한다

등에 업혀 첨벙첨벙 개울 건너는
말(言) 농장이 참 가볍웁다

* 말 농장 : 어머니

엄마에게

병원에서 휠체어에 앉아
가끔 천장을 올려다보시곤 하셨지
바람 앞에 촛불 같은 숨결
어찌 아시고 천장을 올려다보시던

닷새 동안 그러시더니
하늘로 올라가셨지

기가 막혀 슬픔도 느끼지 못했던 그 순간

아, 지금 천국에서 잘살고 계시려나?

어머니

감자를 캐다가 문득 감자들의
어미였을 허물을 본다
아마 진작 제 몸을 비워냈을 씨감자,
그 흔적으로 여태껏
제 자식들을 키워내고 있었나 보다

스스로 밭이 되고 밥이 되었을
아, 새끼를 길러낸다는 것은
제 몸을 비워내는 것이었구나

싱싱한 시간을 키워놓고 허물만 남은
어미의 흔적을 묻어 놓는다

어머니 · 1

\- 안부

어머니
소리 내어 불러보면
눈물이 납니다

한동안 불러보지 못했던
어머니란 이름

하늘나라
그곳에는 단풍은 들었나요?

큰동생에게

고생이 많지
네게 미안한 게 참 많다
막내를 네 집에 보낸 게
그러하고
막내를 집으로 보내 달라
말 못한 게 그러하고

이제 막내 신경 쓰지 말아라
신경 쓴다고 달라지는 게 없는데
그냥 팔자대로 살라 해

우짜겠나
우짜겠나.

막내에게

행복이란 뭘까?
현재의 삶에 만족하며
더 좋은 내일을 향해 사는 게 행복이지

그런데 너는
초현실적인 생각을 하는 거 같구나
뭐가 되고 싶다는 생각을
그러나 뭐가 되고 싶다는 것도
가정이 있고 아이들이 있는 데서 시작 되지

저녁 화장실에서

변기에 앉아 볼일을 보면서
몸 밖을 빠져 나온 따끈한 냄새
고여 드는 게 싫어 중간에 물을 내렸지

종일 세상을 지나며 채워둔 더러움을
버리는 의식을 치르면서 나는
뉘우치며, 뉘우치며 반성을 한다

헛되고 헛된 것들로 배부른 하루
온전히 속을 비우는 김에 마음 쭉정이조차
변기에 흘려보냈다 생각했는데
양변기를 깔고 앉은 시간만큼의
작심이지 싶게 그뿐이었다
아침이면 다시 욕심의 밥을 먹고
네가 아니라 나라는 물을 마시며
더러움을 채워간다는 걸 쉬이 잊지

몸을 빠져나온 냄새조차
더럽다고 중간에 물을 내리면서도
내 속에 더러움 담고 산다는 걸

잊어버리는 나는,
욕심의 변비에 걸려
변기에서 쉬이 일어나지 못했다

보물찾기

농부가 흙 속에 무얼 감췄을까
지날 때마다 갸우뚱 갸우뚱

며칠 지나 어김없이 찾아내는 해님

새
싹

콩나물국을 먹다가

머리칼도 파뿌리가 될 수 있다는 걸
콩나물국을 먹다가 하얀 머리칼 한 올
어머니 한 눈 파는 사이 건져냈습니다

머리칼을 건져내다 아니, 아니 도리질을 했습니다
나는, 그제야 하얀 파뿌리 무성하게 자라고 있는
어머니의 텃밭*을 보고야 말았던 것입니다
아, 살다보면
머리카락도 파뿌리가 될 수 있다는 걸 알고 나니
파뿌리를 건져낸 게 미안해졌습니다

어머니는 당신의 터에서 키운 귀한 파뿌리 하나
콩나물국에 양념으로 들어간 걸 알기나 했을지

* 텃밭 : 머리

장맛날 · 1

- 소나기

누가 큰 죄를 저질렀기에
휘초리 저리
세차게 내리치시는가?

장맛날 • 2

- 보슬비 내리다

어제는
굵은 휘초리로 세차게 내리쳐
세상은 매 맞은 자국으로 시퍼런데

하늘도 때로 잠 못 이루는 때가 있는가?
알지 못할 생각으로 잠잠하더니
오늘은 매 맞아 시퍼런 자리
보슬보슬 잔잔한 입김으로 호~ 호~

장맛날 · 3

- 찡그린 하늘이 예쁘다

장대비 온 종일 펑펑 쏟더니
퇴근 시간 맞춰 용하게도 그쳤다

높디높은 곳에서 어찌 보았을까
신발에 구멍 난 지 오랜 것을

어서어서 집에 가라고 애써 참느라
찡그린 하늘

참 예쁘다

장맛날 · 4

- 교대근무

밤새 비를 쏟다 새벽에 그쳤다

이번엔 내가 일터에 나가
소낙비 같은 땀을 쏟을 차례다

소나기

하늘 동네
어느 색시가
물동이 이고 가다 넘어졌을까

우르릉 쾅
동이 깨지기 무섭게
물 쏟아지는 소리 요란타
쏴
아

볕 좋은 날

따뜻한 봄 햇살을 한나절이나 쬐었다

밤새 방전되고 없는 웃음 충전 중이다

사랑 연습

홀로 붉게 타오르다
꾀죄죄하게 스러지는
오월 장미

2.

희박한 기억에 대한 반성

호박덩굴 · 1

역맛살에 온몸 근지러운 사내
세상 돌고 돌다 지쳐 조강지처 품을 찾듯
바람은 가끔 호박넝쿨에 와서는
세상얘길 들려주곤 했는데
그때마다 그만, 그만 솥뚜껑만 한 손사래
손사래 여러 번 치곤했는데

그예 참고 참았던 웃음보
노랗게 터 추고 말더니만
사내 같은 바람 다녀간 지 한참 지나
포대기 틈으로 언뜻언뜻 내비치는
맨들, 맨들 한 머리통 하나

호박덩굴 · 2

비 오는 날 너도 나도 우산을 받쳐 들고
날궂이 빈대떡 한 장에 소주 한 잔씩
황금 잔 높이 들며 동네잔치

호박덩굴 · 3

바람 같은 사내 기약 없이 떠나간 후
밤마다 토담 곁에 호롱불
하나가 꺼지고 나면 다른 등을 켜 두던
밤새 어둠을 밝힌 건 심지 같은
제 속 발갛게 태운 것이란 걸
바람으로 지나간 사내는 알기나 하는지?

밤마다 타고 꺼지는 호롱불만큼
보고픔은 가슴에 단단한 옹이가 되어 가는데
더 이상 켜둘 호롱불도 없이
태우고 태운 제 속, 재로 쌓일 쯤
그예,
그리움의 옹이 몇 노랗게 늙어있다

하루살이

동쪽 하늘에 성냥 확 그어 불 지피면
사람들은 불 속으로 출근 한다
하루치의 밥을 위해 흘리는 땀으로
온몸이 젖을 쯤 퇴근을 하지
거리의 불빛들은 지나가는 그를
그냥 두지를 않고 불 속으로 들어오라
휘황한 말을 흘리고 있지
그러고 보면 불속에 제대로 뛰어 들지 못하고
살아온 시간들이 발효되지 못한 채
식식 김을 내뿜으며 있지 않던가?
불빛이 손짓하는 대로 휘리릭 달려 들어가
뼈마디를 술독에 절이고 나오곤 했지
그리고 집으로 가는 길
간판을 밝히는 네온사인에 붙들려
불 속에 뛰어 들어 보겠다고
오기를 부려 보지만
날개에 힘이 빠질 때까지
불빛 근처만 얼쩡대고 있을 뿐이다, 그는

하루살이 · 1

현란한 불빛들의 유혹도
냄새나는 모든 것들의
날름거림에도 때때로
흔들렸으나

가물가물 흔들리고
흔들리고 있으나

오늘 하루를 살았구나

돈을 밝히다

동전을 하나 주웠다

나이테를 보려고 불을 밝혔다

1974년생 무궁화 꽃잎
우리네
삶이 거기에 있다

봄에는

어느 무엇도 감출 수 없다

조막손으로 아무리 꼬옥 쥐고 있어도
엄마 손 눈부신 간지럼에
깔깔 환하게 꺼내 놓고 마는

엄마를 간질이려던
잔털제비꽃*, 광대수염*도
일곱 살 아이처럼 장난 끼 숨겨놓은
매발톱*, 뚱딴지*, 애기똥풀*도
깔깔거리며 다 꺼내 놓고 마는

아무것도 감출 수 없다

* 잔털제비꽃 : 제비꽃과의 여러해살이풀
* 광대수염 : 꿀풀과의 다년초
* 매발톱꽃 : 미나리아재비과에 속하며, 속명으로 매발톱이라 한다.
* 뚱딴지(국화과) : 다년초로서 전체에 털이 있다.
* 애기똥풀 : 양귀비과의 두해살이풀로서 풀밭에서 흔히 볼 수 있다.

꼬부랑

앞을 향한 욕심 줄
쫓아가는 중에도

지나온 세월 버리지 못하고
꼬부랑 고개를 넘는다

만취 그 후

흙으로 돌아간
어미의 호통을 알겠다

팔꿈치며 정강이에
핀
선홍빛 꽃을 보니

장미

잊히지 않고
오롯이 살아오는
홀로 찍어 둔
그리움의 입술 도장

신 알라딘 램프를 위해

아침 햇살에 드러난 이슬처럼
내게 힘이 돼 주는 그를 목마름으로 원하자
그는 내게 밥과 밤이슬 피할 자리와
술까지 챙겨 주었다

그가 던져주는 떡밥에 넋 나간
한 마리 순한 물고기가 되어
회오리치는 물살에 쓸려 걷잡을 수 없이
램프 속으로 빠져들고 말았다

심지에 불붙이듯 몸을 태우는 사람이 되어
그를 하늘처럼 떠받든다는 걸 눈치 챈 뒤로
그는 애써 시름시름 앓는 소리를 냈다
간절한 주문에도 그의 신통력은 빛을 잃었다

이제 나는 그의 신 알라딘 램프가 되기 위해
가방 하날 챙겨 집 없는 집을 나간다

희박한 기억에 대한 반성

배고픔도 피눈물 나는 서러움도
풍성한 말잔치를 벌이는
베짱이들에 대한 넌덜머리도
내겐 한낱 풀잎에 맺힌 이슬에 불과했다

아침이면 사라지고 말 이슬처럼
완성되지 못할 기억의 조각들
수시로 날아왔다 무시로 사라지고 마는
이젠 잊지 말자 해도 쉬이 잊히는
진
저
리

잡초

죄 중에서도 중죄였을라
스스로 선택할 수 없는
고향을 잘못 타고난 죄 하나

사람들에게 크게 소용되지
못 한다는 걸 잊은 채
겁도 없이 눈에 뜨인 죄
족족 벌을 받느라
여지없이 목이 뜯겨나가는 천형

죄 없는 목숨을 뜯기며
그건 알았을런가

제, 푸른 비린내 저리도
향기로울 수 있다는 걸

겨울 평상

1.
먼 길을 왔다
더 이상 걸을 수 없을

2.
급하게 달려오느라 지친 바람의 쿵쿵거리는 심장박동 소리에도 갈나무는 꼬옥 움켜쥐고 있던 잎새를 놓치고 만다 허공에서 떨어져 내린 갈잎의 아찔함 맥 풀린 다리 쉴 곳을 얼마나 찾았던가? 잎사귀를 떨구어 낸 나뭇가지 마냥 빈 주머니 버스비 겨우 이백 원이 모자라 한 시간을 넘게 걸었다 요행히도 거두지 않은 어느 구멍가게의 평상에 고단한 발걸음 의탁하는 동안, 늦은 저녁 창을 통해 동전 몇 닢의 무게로 팔매질을 던지는 가게 주인의 눈빛이 부담스럽다

어쩌면 평상은 가게 주인이 그물처럼 놓아둔 거미줄은 아니었을까 먹잇감 드문 하루는 꽁초만큼 남았는데, 밥벌이 될 만한 객도 아닌 나는 잠시 머물다 가는 낙엽 같은 유목민이 아니던가? 곁눈으로 객을 노려보던 주인의 참을성도 대단한 인내를 필요했을지 모른다 평상을 거

뒤 가면 어쩔까 쓸데없는 생각에게 간섭하며 집을 향해
일어선다

3.
아파트 베란다에 거미줄이 투망처럼 걸린 어귀
나의 거동을 지켜보고 있는 거미 한 마리
제 눈엔 내가 먹이로 보이나?
멍청하긴 뭐 먹을 게 있다고,
겨울 베란다에 거미줄이라니
효자손으로 거미줄을 거둬 내려다 그만둔다
그래, 언 몸 녹이려 놓아둔 평상인 게야

겨울 평상 위로 따순 햇살이 걸려 파닥인다

신을 모시고 산다

집집마다 문전에 신을 모시고 산다
가장 인간적인 냄새가 밴 아니면
역겨운 냄새가 폴폴 솟아나는 신 여럿 두고
대접을 받고 싶어 하는 만큼 받들며 산다
귀한 대접을 받는 사람들은 귀하게
아닌 사람들은 그냥 있는 그대로 뒹구는
살아가는 모양새로 받들며 산다

황소와 악어 몇몇 짐승들은
신의 제물이 되고야 말았다
황소의 영혼을 제물로 받아먹고
힘을 얻은 신은
우리네 두 발을 꼭꼭 가둔 채
날마다 어디론가 데리고 다니지만
인간은 아직 신이 가는 길을 모른다, 그러면서
안개 속 같은 오늘도 신을 따라 길을 간다.

* 신 : 신발

신발

생애 첫 울음 서럽게 들리던 날

뭇 시선 조차 지워져 가는 신발은
생생한 생을 멀쩡하니 버림받았다
아니,
어쩌면 수렁 같던 감옥에서 탈옥한 주인은
맨발로 걸어 나가고 말았을지도 모른다

걸음마를 알고 난 때부터
즐거움 보다 고단함을 끌고 다녔을
그의 발걸음이 조용한 슬픔으로 차 있다

세상에서 벗어나 맨발로 간
그를 쫓던 한 뼘 남짓 유배지가
짐짓 모르는 체 침묵으로 남았다

신용불량에 입장하다

독촉장, 최고장, 고지서 모두 하나같이
돈 돈 돈 달라고 우편함에 허옇게 배 깔고 누웠다
하루에도 몇씩 날아와 눕는 독촉장들은 애교다
벌떼처럼 시도 때도 없이 전화를 하는 카드 회사는
예쁜 여자 목소리도 때론 살벌하다는 사실을 확인시
켜 주곤 했다
조합 서기는 서로 아는 처지임에도 봐주는 거 없이
내일까지 안주면 불량 리스트에 올리겠다는 협박이다
어쩌란 말인지, 불량스레 살지 않았는데도 이 모양이다

로또 부적을 주머니에 지니고 다녀도 위로가 되지 않는
그럴 때마다 생각해 보는 것이다
어디 돈 많은 과부 없나?
사내들이 뜬금없이 부적을 꺼내곤 하는 것을 보면
복권보다 더 든든해 보이는 부적임엔 틀림없다
저승사자 같은 고지서나 협박 전화에 시달리다 못해
이웃 행성으로 피난을 가고 싶을 때마다
어디서 어떻게 살고 있는지 모를

과부를 찾아 나서는 것이다
참말로 불쌍한

좁쌀만 한 것들의 아우성을 듣다

아파트 현관 턱밑에서 수천수만의 시위대가
와글와글 농성을 벌이고 있다
집을 지키는 식구 하나씩은 남겨두고 왔는지
아니면 한 고을 통틀어 다 나왔는지 웅성거린다
즈네 마을 뭉개고 세운 아파트 현관에서
좁쌀만 한 것들이 가을볕으로 술렁이고 있다

시멘트 숲에 기거하는 족속들은 별일 없다는 듯 그저 오르내리며 들락거리는 일을 반복할 뿐이다 다만, 그들이 고용한 경비 김 씨만 팽팽히 당겨지고 있는 고요함을 참지 못해 시퍼렇게 곤두선 신경을 찍찍 눌러 생식능력을 떨어뜨리거나 십중팔구 시체를 만들고 마는 고약한 약을 뿌리곤 했는데, 며칠 조용하던 현장이 다시 웅성거린다 또 다른 좁쌀만 한 것들이 몰려와 죽은 가족들을 살려내라고 아무도 귀 기울이지 않는 소리를 내고있다

3.

맛보기 공양

신은 어디에 있는가

짚, 가죽, 꽃, 고무……
무엇이 남았을까 생각나질 않는
이것들은 어쩌면
이 시대 마지막 신이었던가?

모진 삶을
어디로든 끌고 다니던
신들의 시대는 이제 끝났는가?
구두, 장화, 샌들, 슬리퍼……
어디에도 신은 없다

'아이참, 당신 두'
누군가 툭 던지는 한마디 말
당신이 있었구나 당신, 당신이

그런데,
세상을 훈훈하게 하는
당신은 어디에 있는가?

바다가 얼다

강화도 동막리 앞 바다가 얼어 있다

시인의 자장가 같은 노래를 듣고 있다가
제 몸 저렇게 얼어가고 있다는 것도 모른 채
그의 온 몸은 얼음덩이다

사람들은 알까
바다도 언다는 걸
겨울 바다가 선잠 깬 젖먹이처럼
밤새 칭얼대며 몸을 뒤척이는 것
제 몸 얼까 저리 몸부림치는

날마다 마신 소주가 들려주던 몽롱한 일상
손끝 발끝 혈관이란 혈관은 다 타고 흘러
바다 보다 더 깊은 곳까지 뜨겁던 제 몸
서서히 어는 것도 모른 채 잠이 되었을까?

평생 몸부림치던 몸 하나
꽁꽁 얼어 잠들어 있는 겨울 바다

외로움이 진하면 울음이 나던가?

- 외로움이 울음으로 피어나는 풍경

늦은 밤 아파트 화단에
젊은 여인 하나 울며 피어 있다

"얼마나 외로운 줄 알아
내가, 얼마나 외로운 줄 아느냐고?"
울음에 섞여 날아온 몽돌하나
가슴을 때린다

휴대폰 저 건너로 울음과 함께
대책 없이 돋아나던
외로움의 홑잎도 건너갔을까

나무도 잎을 불러 모으고
벌 나비도 꽃을 찾아드는
벌판도 외로워 잡초를 키우는 봄
소리 내어 울며 외로움을 게우는 여인은
어둠 속에 잠시 왔다 사라지는
그의 마음을 모으는 중인가

"얼마나 외로운 줄 알아
내가, 얼마나 외로운 줄 아느냐고?"

술 권하는 여자

젖으면서 젖지 않으려고
일찍 집으로 들어가는
비 오는 수요일 오후

쐬주 한 잔에 감탄 하라고
카~ 소리 한 번 들려 달라고
어느 술집 창밖에서
비를 맞으며
술을 권하는 여자

여자는 비에 젖은 속옷처럼
유리창에 찰싹 달라붙어
말을 잃은 지 오래지만
말을 하지 않아도 들리는
눈빛
표정
비 오는 날, 소주 넘기는
소리 듣고 싶다며 술을 권하는 여자

비에 젖은 여자의 표정에
마시지 않은 소주가
봄비 소리로 취해 있다

신발을 얻어 신은 적이 있다

누구의 발이 살던 집이었는지
살던 그 발은 어디로 이사를 갔는지
아니면 집이 필요 없는 곳으로 숨어들기나 했는지
알지 못하고 알려 하지도 않은 채
집구석에 처박아 놓았다가 내 발의 거처로 삼았다

신발은 나를 일터로만 끌고 다녔다
돈 쓸 일 없이 나의 발은 바쁘기만 했다
일은 바빴으나 몇 달이 지나도록 월급은 나오지 않았다
경기가 좋지 않다 했다
새벽부터 밤늦게까지 나의 발은 일터에서 서성였다
스트레스를 안주 삼아 소주를 진탕 마시는 곳으로
신발은 나를 데리고 다녔다
발의 주인은 가끔 길에서 밤을 새기도 했다
얼마를 그랬을까 발 집에
구멍이 나고 물이 스며들기 시작했다
그때까지도
나는 신발의 주인이 누구였는지 알려고 하지 않는다

미물에게

길을 간다
눈 없는 신발이
내가 가야 할 곳으로 향해 있다

바쁘게 가는 걸음
혹여 개미나 알 수 없는 미물들이 밟혀
세상을 떠나는 일이 있지 않았을까?

그들에게

미
안
하
다

눈 없는 신발을 대신하여

11월의 장미

오월에 이루지 못한 사랑

얼마나 가슴에 맺혔으면
계절을 잊은 11월에 피었을까?

간절하면 계절을 무시하고 피는가?
담장에 붉게 몽울몽울 솟은 꽃

오월에 못다 이룬 사랑
이번에는 꼭 이루기를

재채기

하품 하는 사이
가을 하늘을
통째로 삼켰다

잘 익은 태양
뜨겁다

에
취

석고대죄

사내 하나 얼마나 큰 죄
업으로 안고 태어났기에
차디찬 길바닥에서 쥐가 나도록
무릎 꿇고 앉아 있는가?

속죄의 방법 많고 많아도
이승에서 그가 택한 형벌은
지나는 사람들 마음을 얻는 것이었는지
바구니 앞에 머리 조아리고 있다

성안길 오가는 사람
옷깃 스치는 인연은 있어
바구니에 백 원짜리 동전
가을 낙엽처럼 쌓인다
'툭툭 동전 떨어질 때마다
그의 죄는 탕감되고 있을까?'

초승달

- 꼴 · 1

눈만 떴다 하면 동네방네 돌아다니며 사설을 읊어대던 허풍쟁이 왕서방, 사람들은 식은 소린 줄 알면서도 막걸리 한 잔씩 건네곤 했는데 왕서방은 자기 얘기가 씨알이 먹히는 줄 아는지 허풍의 살을 신바람 나게 붙여 가는 중이다

사람들은 왕서방이 물에 빠져 죽으면 입만 둥둥 뜰 거라고 놀려대곤 했다 그걸 아는지 모르는지 연신 말 부스러기를 쏟아 놓았다 혹자는 쥐뿔도 없이 살던 시절 왕서방 가슴팍에 수 없이 날아와 박혔을 화살자국들을 허풍으로 덮으며 살았을 거라 했는데 웬일로 오늘은 허풍에 소란스럽던 동네가 조용하다

집으로 돌아가는 초저녁 하늘에 입 하나 덩그러니

초코파이

- 꿀 · 2

한 푼도 받지 못한 품삯 내색하지 않고
십 수 년을 하루같이 바보처럼 일만하던
감나무집 머슴 이씨
밥이나 제대로 얻어 먹었을까만
세상에 내 보내며 잊지 말고 챙겨 먹으라고
제 어미가 이마에 붙여두었을 쑥개떡 하나
어미 생각에 차마 떼어 먹지 못하고 다녔던가?

꼬르륵 소리 창자를 쓸어 내려도
이마에 붙어 있던 쑥개떡 때문에
항상 웃고 다녔을 머슴 이씨
사람들은 그를 미쳤다 말들 했지만
결국 아끼고 아끼던 쑥개떡
어미와 나눠 먹을 요량으로
딴 세상으로 머슴 살러 떠나고 말았는데

그 쑥개떡 초코파이란 이름으로
세상에 던져질 줄 누가 알았으랴

김 주사네 사위 보던 날

술을 하도 좋아해 주사란 별호를 얻은 김 주사
서울 사위 얻게 됐다 좋아 했는데
청첩장 보낸데 마다 허리 꼬부라진 늙은이들
거동이 힘들다고 축의금만 계좌로 밀려들었다

신부 친구 대타 알바 대여섯 명
시간당 2만원 주고 샀다더니
이러다 예식장 텅텅 비겠다며 김 주사 한숨
다락골 고개를 골 백 번도 더 넘나든다

막걸리 몇 잔에 아무리 생각해도
답이 없더라는 거였다
하객 대타도 한 오십여 명 알바를 구하는 수밖에
하여 결혼식 증인은 오뉴월 뜬구름만 세웠으니
누가 알까?
김 주사 잘난 서울 사위를

메밀꽃 필 무렵

메밀꽃 필 무렵 봉평을 지나는 길에 이효석 생가에 들러 메밀국수를 주문했다 메밀꽃 같은 사람들이 방이며 마루며 다 차지하고 마당에도 한 자리씩 깔고 앉아 있었다 빨리 빨리란 말에 찌들대로 찌든 혀끝으로 엄마 젖을 보채는 아이처럼 국수 언제 줄 거냐? 재촉을 했다 대답 대신 달빛에 소금을 뿌린 듯 하얗게 쏟아지던 메밀꽃 같은 웃음만 배시시 흘러 나왔다

뱃속에선 오늘 점심은 무어냐고 도랑치는 소리 흘려보내며 보채는데 그럴 때마다 부엌으로 머리를 디밀고 재촉을 하곤 했다 역시 빈 그릇은 살풋한 미소만 찰찰 넘치게 담아 나오곤 했다 미소를 받아먹고 아쉬운 요기를 때우며 두어 시간 넘게 기다려서야 메밀국수를 먹게 되었는데, 얼마나 맛있던지 뜨거운 줄 모르고 입안에서 살살 녹는 것이었다 부엌을 들락거릴 때마다 찰찰 넘치게 퍼 올리던 미소 때문이었는지 봉평의 그 환하게 녹아나던 국수 맛을 아직도 못 잊는 허생원이 되어 있는 것인데 만나는 사람들마다 국수 언제 줄 거냐고 보챌 때마다 봉평서 얻어온 메밀꽃 같은 웃음만 건네주곤 했는데 그렇게 말없이 웃음을 담아 보내곤 했는데

도명산에서

내 안에서 가르랑 가르랑거리는
짐승 하나를 끌고 산을 올랐다
콘크리트 숲에 길들여진 짐승은 산엘 가기 싫어
몸부림치며 버둥대는지 오를수록 발걸음이 무겁다

굶주린 들짐승의 심기만큼 가파른 길
콘크리트 숲에서 건너온 사람들에게
산을 뺏기지 않으려고 나무뿌리는
불끈불끈 힘줄 불거진 손아귀로
우악스레 산 하나를 움켜쥐고 있다
내 안에 웅크린 짐승도
날카로운 발톱과 이빨로 내 거죽을
저리 움켜잡고 있을 게다

도시를 탈출한 짐승들은 자꾸자꾸 산을 오르고 있다
정상에 올라서야 천년 묵은 괴성을 토해 내는 짐승들
삼칠일 동안 신령한 쑥과 마늘을 먹은 곰처럼
하나 둘 사람이 되어 가고 있다

발톱도 이빨도 무디게 들이 밀고
순한 사람이 되어 산을 내려가고 있다
파랑 빨강 노랑 울긋불긋 아름다운 빛깔로

맛보기 공양

할매를 따라온 봄이 폴폴 먼지 장난을 하고 놀던 오후, 길바닥에 무화과 열매 몇 됫박 펼쳐놓고 할매는 사람들에게 보시하듯 하나씩 나눠주며 맛을 권하는데 그것도 맛을 아는 사람들만 그 맛을 아는 것이어서 부처 같은 사람들만 맛을 보고 가는 것이었다. 아마 아침부터 저랬으면 모르긴 몰라도 맛보기로 한 됫박은 족히 나갔으리라. 지나가는 사람들 무화과 맛 덤으로 보고 무심히 지나가는데 뉘엿뉘엿한 봄날 젊은 아줌마 낚싯밥에 딱 걸린 듯, 한 됫박 사려다 덤으로 몇 개 더 주워 먹고는 나머지 떨이를 하고 말았는데, 바삐 지나는 부처에게 한 맛보기 공양 효험이 있었던 모양이다

아득한

내 나이 여섯 살
아버지 마흔 넘었지
마흔, 마흔은
얼마나 먼 시간일까?

신작로 지나가던 강아지
미루나무 올려다보던
아득함

아버지 세월 물려받아
가쁜 계단 올라와 보니
거울 앞에 서 있는 사내가
몽둥이로 맞은 것처럼
아득한

양반노릇

초로의 늙은이가
어느 집 처마 밑을 깔고 앉아
대낮 막걸리 한 잔에
넋 놓은 시름

돈만 있으면 양반인 세상
가진 거라곤
딸기코 밖에 없는 영감은
쥐뿔도 없으면서
어제 오늘도 양반으로 산다

쌈짓돈 몇 천 원 있는 날
술 동무랑 대포 한 잔 나누고
거나히 취하여 길바닥에 앉아도
거긴 천석지기 대청마루
지나가는 사람들은
돌쇠, 마당쇠, 언년이
모처럼 질러보는 큰 소리
누구 한 사람 뭐라지 않는다

돈 있어야 양반 되는 세상
쥐뿔 없이도 해 보는 양반노릇

그림이 비를 맞다

하루 종일 봄비가 내렸다
비설거지를 한다고 했는데
그림 한 점 치우지 못한 채
흠뻑 적시고 말았다

나뭇가지에 찍다만 이파리 하나
꽃나무에 그리다만 꽃 한 송이
땅위에 치다만 풀잎 하나
대책 없이 비에 젖는다

여백은 온통 풀과 꽃으로
하염없이 번지고 있다 봄 풍경

4.

선녀와 나무꾼

그리움의 끝은

내 살아가는 뜰은
그리움이 흐르는 호수
헤엄칠 수 없어
허우적거리는 여울목

그 끝은
지나온 날들
사람
흔적들

결국
그 끝은
엄마의 태속

떠나온 곳 그리워
껍질 하나
묻어두는 일인 것을

선녀와 나무꾼

얼마를 왔던가 밥술이나 먹던 숲에서 배고픈 숲까지 왔다 선녀탕을 기웃거리며 날개옷을 찾아다녔다 얼마쯤이었을까 밤마다 사람 찾는 현상공모 광고지처럼 꿈에 나부끼던 날개옷을 보았다 꽁지 뽑기 하듯 아무 날개옷을 집어 들고 뒤도 안 돌아보고 달렸다 그러다가 아뿔싸 나뭇가지에 걸려 날개옷이 찢어지고 말았다 선녀는 하늘로 가지 못한 채 인어가 되었다는 소식이 들려오고, 나무꾼은 빈손으로 돌아올 밖에

선녀와 나무꾼 · 1

마흔 번째 겨울을 맞는 그에게 소주 한 잔을 같이 마시던 사슴이 달콤한 말을 속삭였다 물을 건너고 산 너머에 보아둔 날개옷이 있노라고

그 한 마디뿐이었는데 가슴에서 파도가 일어 잠이 오지 않는다

잊고 있던 옆구리가 시리다

선녀와 나무꾼 · 2

가슴에 파도가 잔잔해질 때서야 문득 정신이 돌아왔다 어떻게 해야 날개옷을 찾을 수 있겠냐고? 파도에 수없이 부서지던 물음표를 사슴에게 던졌다 사슴이 그랬다 삼 년 치의 시간을 자기에게 줄 수 있겠냐고, 그 시간을 주면 자기가 날개옷을 찾을 수 있는 방법을 알려주겠노라고

선녀와 나무꾼 · 3

아직도 선녀를 기다리며 사는 친구가 있다 달밤이면 선녀탕 어귀 하얀 날개옷이 달빛에 부서지곤 한다던데 혹여나 하며 오십 년째 그 골짝을 떠나지 못하고 있다 요즘 선녀들은 선녀탕보다 사우나 찜질방에서 지내는지 한 번도 그들이 나타나는 것을 보지 못했는데 어쩌면 해외여행 중인 선녀를 찾아 나무꾼은 도끼와 지게를 버리고 비행기를 타려고 한다던데

정류장에서

네온 불빛
살아나는 시간
하루의 무게 먼지 털 듯
털어내고
둥지로 돌아가는 사람들

까르르
까르르
웃음꽃 함박으로 피었다
'들어가지 마시오'
팻말 못 본 체 들어가
그 속에 묻혀보고 싶은 웃음 꽃밭이다

버스 하나 와서
웃음소리 한 무더기 실어가고
또 다른 버스 하나
남아 있는 웃음을 쓸어가고

나는 아직도 그 팻말 앞에 서 있다

지하도를 나오는 길

다닥다닥 붙어 있는 포장마차
형광등 같은 얼굴들이
오가는 사람 발목을 붙잡는다

어제 오늘 그랬듯
내일도 창백해 있을 것 같은 사람들

계단을 따라 오르면
구름 몇 조각
사래들지 않을 만큼 떠 있는
가을 하늘 있어

무거운 발자국 하나씩 올라서면
형광 빛에서 벗어나는
나무, 자동차, 사람……

내 고향은

어린 시절 마실 다니던
개울 건너 석이네 집 사랑방 가득
쏟아 놓았던 이야기들은
이제야,
쑥대 꽃으로 피어 술렁대고

분이 할머니 허기진 손끝으로
풋보리 말리던 마당엔
할머니가 남겨둔 옛날이야기 보따리를
고드래 침 삼켜가며 풀어헤치던 망초꽃
잔잔한 웃음이 번져 있다

친구들과 소 풀 지게를 지고 다니던 산길
마을로 이사 오는 산이 줄을 서고
마음 푸근했던 내 고향 양산목은
수풀 소리만 파도로 넘실거린다

수박 고르기

씨가 까맣게 잘 여문
설탕 수박이라지만
통~ 통~
두드려봐서 알 수 있나?
고개만 갸웃갸웃

겉 봐선 모를 수박
칼 들고 봐야
그 속을
알 수 있을까?

아직도 갸웃갸웃

비늘을 훑어내며

난 비늘 있는 물고기를 싫어했었다
그것도 가슴이 콩닥거리는
남의 생살을 먹는다는 건 더더욱 그랬다

화식에 길들여진 혀끝이 받아들일 수 없을 만큼
거부 반응을 일으킬 거라 생각했다
살기 어린 기운이 입 안 가득
군침으로 돌아야 될 거라 생각했다

붕어 비늘을 훑어 내면서 보았다
문자가 없던 시절 갑골 문자로
남겨 두었을 태초의 이야기들
책갈피 넘기듯 비늘을 넘겨가며
암호 풀이를 해 본다

생으로만 먹고 살아 생 마음 내보이던 때부터
제 마음까지 익혀 먹는 걸 배운 오늘까지
내 오랜 조상이 생식하며 살던
강변의 역사를 적고 있다

내 이가 근질거리며 잃었던 야성이
입 안을 도는 군침으로 되살아난다,

고물 텔레비전

찬밥덩이 몰래 먹다 쫓겨난
천덕꾸러기로 아파트 복도에 버려진

왜 그랬을까? 주인에게 품값도 못 받고 버림받아
고갯길 넘던 열이네 머슴 생각이 나던 것은
어쩔까, 어쩔까? 집을 들락거리다
어깨 한없이 가라앉은 머슴 생각 지워지지 않아
한 밤중에서야 집에 들어 앉혔다

그 날로부터 한 방에 살며
낮에 못 다한 이야기 쏟아내느라
잠을 설친 사이가 되었는데
그의 이야길 듣느라
때로 밤을 새기도 했다

아직 눈동자에 흐르는 빛은 생생하건만
혼자만의 하소연에 지친 까닭이었을까?

성대에 탈이 났다, 수술을 해야 할지
말 못 한다고 내쳐야할지

눈동자에 말 없는 그림은 수 없이 뜨는데
하고 싶은 말씀 다하지 못하시고
풍으로 가신 아버지 같아
아직 한방에서 살고 있는 중이다

기억나지 않습니다

엄마는 손가락 끝에
빨간 신호등을 올려놓고
"이럴 땐 건너면 안돼요"
"엄마 파란불……"

엄마가 세월을 쏟아놓고
아이가 쏟아진 세월을 주워 담고
주워 담은 세월만큼
훌쩍 커버린 아인
빨간 불이 켜질 때만 건넌다

"파란 불 들어올 때 건너랬잖아"

"기억나지 않습니다"

무슨 죄를 지었기에

꽁꽁 갇혔다

행복한 감옥살이다
어느 날 그대의 눈빛을 본 죄로
마음의 수갑을 채운 채 생포되었지
나만의 자유는 막을 내렸다
그래도 행복해 하는 이유는 무얼까?
사랑이란 창살에 갇혀
또 사랑이란 이름의 밥을 먹어도
지나가는 시간이
어느 보석보다 더 아까우리만큼
행복한 이유는……

꽁꽁 갇혀
무기 징역이란다
내
무슨 죄를 지었기에

현기증

가끔 혼이 빠져나간 거죽만 비틀거리며
길을 갈 때가 있다 한철의 새둥지처럼
혼은 몸이란 그릇에 잠시 머물다
갑갑증에 견디지 못하는 것인지
아니면 떠나온 곳으로의 회귀를 갈망하는
연어의 습성을 닮은 것인지
문틈을 엿보다 나간 아이처럼 제 그릇 비운다

비워진 거죽은 빈 자루처럼 주저앉으려는 것을
애써 버텨내고 있다 그래야 철모르고 나간
혼이 돌아와 머물 곳 있으니

삼복더위 훅~훅~ 달아오른 날
바퀴에 짓밟혀 본 아스팔트는 알 것이다

달아오르는 열기는 집 나온, 혼이란 걸

내게로 와서 별로 뜨고 있다

공원 벤치에 앉아 밤하늘을 보며
별의 숫자만큼 이야길 했다
너 보고 싶은 건 저 별 만큼이라고

별빛이 내게 오기까지
수천 광년이 걸렸듯
내가 네 목소릴 듣기까지
시간도 그리 됐을 것이라고

전화선 저편에서 건너오는
네 목소리 내게로 와서 별로 뜨고
내 안이 환해지고 있다

수천 광년을 걸려 내게로 왔을
너의 목소리로 하여

겨울도 진한 눈물을 흘리며 떠나는구나

누군들 떠남이 슬프지 않으랴
누군들 보내는 맘 편하랴

사람도 슬픔이 깊으면
소금기 진한 눈물 쏟더라만

비 내리고 간 자리
눈물자국 얼룩져 있다

겨울이란 놈도 떠나갈 땐
황토 빛 눈물을 쏟는다

5.

어미에게서 세상에게로

누구의 바람 저리도 깊어

아랫목처럼 내 사랑 따습던 겨울을
다시 불러 올 수만 있다면
떠나보낸 사람도 다시 불러 올 수 있으련만

오늘은 누구의 애원이 저리 깊어
무심천 벚나무 빈 가지에
하얀 꽃은 함박으로 피었는지

햇살에 녹여 보낸 겨울을 그리는
누구의 바람 저리도 사무쳐
시리지 않은 눈 내리는지

사람들을 밤새 불러내고 있는
벚꽃 피던 밤, 난 그걸 생각하느라
새벽이 밝도록 하얀 꽃잎만 헤고 있다

어미에게서 세상에게로

열 달 동안 임대받은 어항에서
나는, 참 행복했었네
고요한 양수에서 헤엄치며 즐거움도 잠시
계약된 시간이 되어
방세 밀린 세입자처럼
눈부신 바다로 쫓겨났네
제 먹을 것은 가지고 세상을 나온다던데
맨손이었네 젖병조차 들지 못한

풍랑 한번 겪지 못한 뽀얀 비늘마다
상처를 문신처럼 새기며 바다에 사노라니
임대 받은 어항으로 돌아가고 싶은 생각
공장의 굴뚝보다 더 높이 세웠다 허무네

이열치열

삼복에 소낙비처럼 쏟아낸 더위를

매운 짬뽕으로 보충한다

열대야

누군가
밤참으로
사람 백숙을
삶는다

더위 먹은 환자

아파서 더위 먹은 것이다
더위 먹어서 아픈 것이다

늙어버린 사과, 그녀

불쑥,
너무 힘들게 해 어쩌냐며 건너온
그녀,
미안해하던 마음 싱싱했는데
삶에서 지우지 않아 고맙단 말
향기로 느껴졌는데
바쁜 일상에 밀려 잊고 말았다

여기 좀 봐요, 여기
구석에서 날마다 소리치며
목이 쉬어가고 있었는데
얼마나 소리 지르며 애태웠는지
쭈글쭈글 늙어서 몰라 볼 뻔 했다

반짝임은 어데 가고 주름만 남았는지
눈치 없이 산 내가 괜스레 미안해져
다시 보고 싶지 않던 마음도
시들시들, 시들시들

아삭거리던
그녀가 늙어버린 뒤에야
그녀의 목소리가 들리는

미안해요 미안했다니깐요.

산그늘을 담는 외눈

어깨쯤이거나 허리쯤 발치께에
그렁그렁한 외눈을 가졌지
적막이 깊어져 옷깃 흔드는
가벼운 바람에도 마음은 쉬이 흔들렸어
그렇다고 상처받아 속상해 하지도 않았어

무슨 생각을 그리 많이 하는지
바람이 지나가면 초점 흐려지던 눈시울
산그늘이거나 먹구름이거나
뭉게구름도 담았다 비워두곤 했지

가끔은 사람들이 찾아와
제 지나온 삶을 비춰보다 가곤 했어
제 몸 지울 수 없이 꺼멓게 물든 뒤에야
깨끗해져서 오는 누군가는
내 눈에 빠지고 싶다고 했지만
난 별로 달갑지 않았지

눈은 생각을 담아두는 창고라서
온갖 잡생각들로 물이 들곤 한다

우울우울 샘을 파는

사막을 걷는 사람이 있지 한낮의 땡볕에 잘 달구어진 길은 몹시 뜨거웠어 아무 생각 없이 내민 발을 찌지직 찌지직 태우기 시작한 열기는 제 몸 위를 지나는 모든 것들을 호르르 호르르 사막으로 만드는 중이지

사막이 끝나면 또 다시 사막을 만들고 만들어 그 자리에 우울우울 샘을 파는 중이야, 신기루가 보였어 샘을 파면 팔수록 이상하게도 주변은 어두침침하고 음습하기까지 했지 하고 싶은 말들은 순식간에 모래알이 되어 사방으로 흩어졌어

오아시스를 찾아가야 하는데 길이 뜨거워 한 발자국도 뗄 수 없어 누군가 먼저 발을 사르며 오아시스까지 도착했다는 소식이 들렸지만 앞을 향해 갈 엄두가 나지 않아 우울우울 샘을 파고 있지

샘을 파면 팔수록 그는 모래로 부서지고 있었지
마지막 남은 눈빛 하나 다 부서져 내릴 때까지
제자리만 파고 있는 어떤 인생의
우울우울 우울한 사막

파지 줍는 노인

지팡이에 이끌려 길을 가던 할아버지
땅에 쭈그리고 앉아
구멍이 숭숭 송송 뚫린 박스
뼈마디를 동여매고 있는 중이다
수레도 없이 어찌 길을 가시려고

시골 버스

봄을 달리는 시골 버스
드문드문 서는 곳마다
타는 사람은 없어도
봄바람 손님
꽃바람 손님
하나씩 타고 내리며
달리는 시골 버스
봄
봄

이웃사촌

산 아래 자투리 땅
상추, 쑥갓, 시금치, 파……
온갖 채소 심어 가꾸었다

채소끼리 서로 이웃하여
손잡고 어깨동무 하며
사이좋게 지내는 이웃사촌

봄은 화가

어제는 꽃 그림
오늘은 푸른 나무
내일은 숲

그리고 싶은 그림
맘껏 그리는 화가

봄은 화가 · 1

날마다 붓을 꺼내
맘에 드는 색이 나올 때까지
칠하고 또 칠하고
아마 겨울까지 해도
끝나지 않을 그림 그리기

봄

뭐니 뭐니 혀도 배가 든든해야 혀
어머니 늘 말씀으로 채워주셨다

목련이 밥처럼 고봉으로 핀다

봄 · 1

개나리 소풍 나온 병아리 떼
쫑알쫑알 대며 놀다
엄마가 부르는 소리에
얼른 달려가느라
부리를 놓고 갔네
노란 부리
하나 둘 셋……

밤

생각의 그늘이 진다

어둠이다

〈해설〉

바람의 영혼이 부르는 이야기 노래

채길순(소설가)

1. 들어가며 -주변자적 위치에서 만난 시

한국 역사의 주변자적 체험을 철학적으로 이론화한 박동환은 저서 『안티호모에렉투스』에서 "중심이 되는 도시 문명의 그물 밖에서도 각각의 생명이 타고난 선한 내면에서 가치가 출렁인다."라고 했다. 이어 "무대의 중심에서 벗어난 그물 밖에서 문제를 낚는다."라고 했다.

시인 박찬순을 20여 년 전부터 알고 지냈지만, 나는 그와 장르가 다르다는 이유로 그가 어떤 시를 쓰는지 눈여겨보지 못했다. 단지 주류 문단의 그물망 밖에서 활동하는 시인으로 알았다.

얼마 전, 모처럼 시인을 만났는데, 몹시 수줍음을 타는 그가 소주 몇 잔을 서둘러 마시더니 술기운에 기대어 시집을 낸다는 말을 꺼냈다. 시를 써온 지

오래인데, 왜 이제야 시집을 내느냐고 핀잔 비슷이 하다가 <해설>을 누가 썼느냐고 물었더니 충청도 특유의 화법으로 말없이 웃기만 했다. 내가 쓸까? 했더니, "알었시유" 했다. 이 말도 몇 마디 더 건너서야 "써 달라"는 속뜻을 겨우 알아챘다.

바로 할 말도 뜸을 들이는 말 수 적은 박찬순 시인. 그가 괴산 가난한 농부의 맏아들이며, 시인이 될 수밖에 없었던 아픈 사연을 느린 말의 시로 들었다.

2. 원천에 대한 추억의 이야기 마당

시인은 자신 앞에 놓인 삶을 그냥 즐기며 살아간다. 그래서 그의 시에는 다툼이 없다. 가족이나 이웃에 대한 시적 태도가 그러한데, "우짜겠나 / 우짜겠나", "아무렴 / 그렇고 말고, 아무렴" 식이다.

그러나 시인의 시 세계는 그의 맑은 영혼에서 빚어진다. 그래서 시인의 눈앞에 펼쳐진 세상은 온통 꽃밭이다.

> (…)
> 이른 봄부턴 아픈 상처 어루만지듯
> 당신의 마당가에 꽃 한 포기씩 심었는데
>
> 아리고 아린 뉴스가 배달 될 때마다

마당은 조금씩 줄어들어
꽃들로 채워져 가고 있었다
꽃 같은 소식 한번 들어보는 게
소원이 된 걸 아는지 모르는지 하루는
오후에만 다섯 포기의 꽃을 심기도 했다

자고 일어나면 세상은 어머니에게
호미로 가슴 후벼 파듯 꽃을 심게 만든다
상처 위로 덕지덕지 붙여지는 대일밴드처럼
마당은 꽃으로 채워져
방에 들어가는 흔적을 지워가고 있었다
희미한 흉터처럼,

슬픈 소식은 내쳐 달려오다 그만
꽃밭에 걸려 넘어지기나 했을까
아물 날 없이 진물 뚝뚝 흐르는 아픈 가슴엔
온통 환하게 꽃이 피기 시작했다.

– 「어머니의 꽃밭」 부분

그의 시는 현실의 아픔을 꽃 가꾸기로 대신한다. 세상이 어려워질수록 마당에 꽃이 늘어간다. 어머니의 죽음도 꽃으로 치환되며, 그래서 어머니의 죽음이 슬픔이 아닌 해학을 머금은 꽃으로 장식할 수 있다.

병원에서 휠체어에 앉아
가끔 천장을 올려다보시곤 하셨지
바람 앞에 촛불 같은 숨결

어찌 아시고 천장을 올려다보시던
닷새 동안 그러시더니
하늘로 올라가셨지

기가 막혀 슬픔도 느끼지 못했던 그 순간

아, 지금 천국에서 잘살고 계시려나?

— 「엄마에게」 전문

엄마의 죽음을 닷새 동안 "어찌 아시고 천장을 올려다보시던" 기억을 이야기 한다. 엄마를 떠나보낸 시간을 "기가 막혀 슬픔도 느끼지 못했던 그 순간"으로, 봇물로 밀려드는 슬픔을 잔잔하고 차분한 꽃 이야기로 대체 한다.

감자를 캐다가 문득 감자들의
어미였을 허물을 본다
아마 진작 제 몸을 비워냈을 씨감자,
그 흔적으로 여태껏
제 자식들을 키워내고 있었나 보다

스스로 밭이 되고 밥이 되었을
아, 새끼를 길러낸다는 것은
제 몸을 비워내는 것이었구나
싱싱한 시간을 키워놓고 허물만 남은
어미의 흔적을 묻어 놓는다

— 「어머니」 전문

자기 몸을 태워 자식을 길러낸 어머니가 씨감자와 동일시된다. 그리고 "어미였을 허물"을 통해 어머니의 희생에 대한 애틋한 정이 늦은 깨달음으로 나타난다.

고생이 많지
네게 미안한 게 참 많다
막내를 네 집에 보낸 게
그러하고
막내를 집으로 보내 달라
말 못 한 게 그러하고

이제 막내 신경 쓰지 말아라
신경 쓴다고 달라지는 게 없는데
그냥 팔자대로 살라 해

우짜겠나
우짜겠나.

—「큰 동생에게」 전문

가족에 대한 갈등과 아픔이 무겁게 읽히는데, 막내의 우울증을 누구의 훈계로도 일깨우지 못한다. 관심보다 방관이 때로는 평화로울 수 있고 희망일 수 있으니 문제에서 한발 물러난다. 안타깝게 "우짜겠나 / 우짜겠나"하고 탄식할 뿐이다.

3. 신과 이웃을 향한 해학과 익살

충청도 사투리에 “어정쩍다”라는 말이 있다. 어정어정 느릿느릿 한가로이 다니다 어쩌다 한마디 툭 던져서 웃기는 행위를 말한다. 착할 뿐만 아니라 어정쩍은[1] 말로 조용히 웃겨서 위로하는데, 이는 박찬순 시인 특유의 화법이다. 심각한 문제를 오히려 우스갯말로 대신한다.

시인이 “과부 등쳐먹는다”라는 말을 데려다 시 제목을 삼았는데, 시집을 낼 즈음에 마음이 여린 시인은 제목을 「신용불량자」로 바꿔버렸다. 듣는 과부가 행여 상처 입을까 염려해서다. 상처가 될 어정쩍은 우스갯말은 쓰지 않는다.

동전을 하나 주웠다

나이테를 보려고 불을 밝혔다

1974년생 무궁화 꽃잎
우리네
삶이 거기에 있다

– 「돈을 밝히다」 전문

시 제목 「돈을 밝히다」는 물질에 대한 탐욕을 일컫는 말인데, 나중에 보니 이는 “불을 밝혀서 동전의 제작 내

---

1) 이 낱말의 뜻은 이글에 한정하여 같은 의미로 사용한다. 이 말의 용례는 “어정칠월, 동동팔월”에서 찾는다.

력을 살펴본다"라는 뜻을 지닌 어정쩐 언어유희다. 그러나 돈을 우상처럼 섬기는 인간의 탐욕을 어찌 염두에 두지 않았으랴. 시구 "우리네 / 삶이 거기에 있다"가 탐욕을 뜻한다.

어느 무엇도 감출 수 없다

조막손으로 아무리 꼬옥 쥐고 있어도
엄마 손 눈부신 간지럼에
깔깔 환하게 꺼내 놓고 마는

엄마를 간질이려던
잔털제비꽃*, 광대수염*도
일곱 살 아이처럼 장난 끼 숨겨놓은
매발톱*, 뚱딴지*, 애기똥풀*도
깔깔거리며 다 꺼내 놓고 마는

아무것도 감출 수 없다

– 「봄에는」 전문

시인은 쓰나미처럼 밀려오는 봄의 기세를 이렇게 어정쩍은 어조로 들려준다. 결코 거스를 수 없는 대자연의 섭리를 이런 우스개에 실어서 담아내다니 놀랍다.

아침 햇살에 드러난 이슬처럼
내게 힘이 돼 주는 그를 목마름으로 원하자
그는 내게 밥과 밤이슬 피할 자리와
술까지 챙겨 주었다

그가 던져주는 떡밥에 넋 나간
한 마리 순한 물고기가 되어
회오리치는 물살에 쓸려 건잡을 수 없이
램프 속으로 빠져들고 말았다

심지에 불붙이듯 몸을 태우는 사람이 되어
그를 하늘처럼 떠받든다는 걸 눈치챈 뒤로
그는 애써 시름시름 앓는 소리를 냈다
간절한 주문에도 그의 신통력은 빛을 잃었다

이제 나는 그의 신 알라딘 램프가 되기 위해
가방 하날 챙겨 집 없는 집을 나간다

–「신 알라딘 램프를 위해」 전문

시인은 신(神)을 신발쯤으로 희화화 한다. "그를 하늘처럼 떠받든다는 걸 눈치 챈 뒤로 / 그는 애써 시름시름 앓는 소리를 냈다"라고 하여 높은 곳에 있을 신의 위치를 아래로 끌어내렸다. 신이 더 이상 거룩하지 않은 존재이니 시적 자아는 어정쩍은 우스개로, "이제 나는 그의 신 알라딘 램프가 되기 위해 / 가방 하날 챙겨 집 없는 집을 나간다"라고 선언한다. 돈키호테의 자취도 슬쩍 보인다.

집집마다 문전에 신을 모시고 산다
가장 인간적인 냄새가 밴 아니면
역겨운 냄새가 폴폴 솟아나는 신 여럿 두고

대접을 받고 싶어 하는 만큼 받들며 산다
귀한 대접을 받는 사람들은 귀하게
아닌 사람들은 그냥 있는 그대로 뒹구는
살아가는 모양새로 받들며 산다

황소와 악어 몇몇 짐승들은
신의 제물이 되고야 말았다
황소의 영혼을 제물로 받아먹고
힘을 얻은 신은
우리네 두 발을 꼭꼭 가둔 채
날마다 어디론가 데리고 다니지만
인간은 아직 신이 가는 길을 모른다, 그러면서
안개 속 같은 오늘도 신을 따라 길을 간다.

— 「신을 모시고 산다」 전문

집집마다 "신을 모시고 산다"라고 했으니, 사람들은 당연히 신(神)으로 알았다. 그러나 느릿한 이야기가 진행되는 동안 차츰 신발이라는 사실이 드러난다. 신발을 통해 거룩한 존재 신을 말하는 통쾌한 언어유희이다.

아파트 현관 턱밑에서 수천수만의 시위대가
와글와글 농성을 벌이고 있다
집을 지키는 식구 하나씩은 남겨두고 왔는지
아니면 한 고을 통틀어 다 나왔는지 웅성거린다
즈네 마을 뭉개고 세운 아파트 현관에서

좁쌀만 한 것들이 가을볕으로 술렁이고 있다
(…)

– 「좁쌀만 한 것들의 아우성을 듣다」 부분

얼른 보아 "좁쌀만 한 것들"의 반란으로 읽힌다. 그러나 시인은 그만한 배포가 없다. 시 안에서 경비 홀로 고통스럽다. 그러면 시인에게 경비는 만만한 존재인가. 어떻게 보아도 경비를 비하하거나 조롱한 혐의는 어느 행간에도 없다.

4. 고단한 이웃을 향한 해학

이 시집에서 신(神)은 더 이상 우상이 아니다. 신고 다니는 신(靴, 신발)으로 여지없이 비하(卑下) 되고, 당신(當身)으로 희화화(戲畫化) 된다. 달리 말하면 언어유희를 통한 해학과 풍자인데, 앞에서 말한 시인의 충청도 특유의 '어정찐' 말이다.

짚, 가죽, 꽃, 고무……
무엇이 남았을까 생각나질 않는
이것들은 어쩌면
이 시대 마지막 신이었던가?

모진 삶을

어디로든 끌고 다니던
신들의 시대는 이제 끝났는가?
구두, 장화, 샌들, 슬리퍼……
어디에도 신은 없다

'아이참, 당신 두'
누군가 툭 던지는 한마디 말
당신이 있었구나 당신, 당신이

그런데,
세상을 훈훈하게 하는
당신은 어디에 있는가?

－「신은 어디에 있는가」 전문

이 시는 언어유희로 신발, 당신을 소환하는 어정찐 농담이다. 이번에는 신의 종류가 다양하다. "짚(신), 가죽(신), 꽃(신), 고무(신)……(…) 구두, 장화, 샌들, 슬리퍼……" 마치 신발을 늘어놓고 장사하는 사람의 언어 같이 해학과 익살이 넘친다. 그 끝에 시인은 어정쩍게 "세상을 훈훈하게 하는 / 당신은 어디에 있는가?"라고 물어서, 인연이 될 당신을 찾는다. 아직 "국수를 먹이지 못한" 시적 자아의 말이다.

젖으면서 젖지 않으려고
일찍 집으로 들어가는
비 오는 수요일 오후

쐬주 한 잔에 감탄하라고
카~ 소리 한 번 들려 달라고
어느 술집 창밖에서
비를 맞으며
술을 권하는 여자

여자는 비에 젖은 속옷처럼
유리창에 찰싹 달라붙어
말을 잃은 지 오래지만
말을 하지 않아도 들리는
눈빛
표정
비 오는 날, 소주 넘기는
소리 듣고 싶다며 술을 권하는 여자

비에 젖은 여자의 표정에
마시지 않은 소주가
봄비 소리로 취해 있다

— 「술 권하는 여자」 전문

'술 권하는 사회'란 통상적으로 멀쩡하지 않은 비정상적인 사회를 풍자하는 말이다. 일제 강점기가 그랬고, 독재정권 치하가 그랬다. 그러나 이 시는 언어유희를 통해 비 오는 날 술을 마시게(取) 하는 여인의 유혹에 취(娶)하며, 나아가 술에 취(醉)하고 종당에 비 오는 봄밤의 애상에 취(醉)한다.

하루 종일 봄비가 내렸다
비설거지를 한다고 했는데
그림 한 점 치우지 못한 채
흠뻑 적시고 말았다

나뭇가지에 찍다 만 이파리 하나
꽃나무에 그리다 만 꽃 한 송이
땅위에 치다 만 풀잎 하나
대책 없이 비에 젖는다

여백은 온통 풀과 꽃으로
하염없이 번지고 있다 봄 풍경

— 「그림이 비를 맞다」 전문

시의 상황은 "비설거지를 한다고 했는데 / 그림 한 점 치우지 못한 채 / (하루 종일) 흠뻑 적시고 말았다"이다. 시 구절 "여백은 온통 풀과 꽃으로 / 하염없이 번지고 있다"라고, 생동하는 봄 풍경과 그리다 만 봄 그림 이야기가 섞여 든다. 풍경과 그림의 경계에 아름다운 봄날의 서정 세계가 펼쳐진다. 즉 그림이 봄비에 젖어 들고 봄 풍경 속으로 젖어 드는 호접몽(胡蝶夢)의 경지를 보여준다.

5. 선녀와 나무꾼 이야기, 패러디로 들려주다

골계미(滑稽美)는 예술의 미적 범주인데, 자연의 질

서나 이치를 존중하지 않고 추락시킴으로써 미의식을 나타내는 기법이다. 풍자와 해학의 일종으로, 우스꽝스러운 상황이나 인간상을 구현하며 익살을 부리는 가운데 교훈과 정서를 부여한다. 흔히 서사 장르 소설에서 이런 기교를 많이 쓰는데, 시인은 선녀와 나무꾼 이야기를 패러디하여 어정쩍은 어조로 이야기하는데, 곧 골계미이다.

얼마를 왔던가 밥술이나 먹던 숲에서 배고픈 숲까지 왔다 선녀탕을 기웃거리며 날개옷을 찾아다녔다 얼마쯤이었을까 밤마다 사람 찾는 현상공모 광고지처럼 꿈에 나부끼던 날개옷을 보았다 꽁지 뽑기 하듯 아무 날개옷을 집어 들고 뒤도 안 돌아보고 달렸다 그러다가 아뿔싸 나뭇가지에 걸려 날개옷이 찢어지고 말았다 선녀는 하늘로 가지 못한 채 인어가 되었다는 소식이 들려오고, 나무꾼은 빈손으로 돌아올밖에

– 「선녀와 나무꾼」 전문

선녀를 찾아 나선 나무꾼이 날개옷을 집어 들고 뒤도 돌아보지 않고 달렸는데 날개옷이 나뭇가지에 걸려 찢어지는 바람에 선녀와 인연은커녕 낭패를 봤다. 나무꾼의 바보짓 때문에 날개옷을 잃은 선녀는 인어가 되었다는 우스운 이야기를 어정쩍은 어투로 들려준다. 결국 바보 선녀와 나무꾼 이야기로 골계미가 형상화된다.

마흔 번째 겨울을 맞는 그에게 소주 한 잔을
같이 마시던 사슴이 달콤한 말을 속삭였다 물을
건너고 산 너머에 보아둔 날개옷이 있노라고
그 한마디뿐이었는데 가슴에서 파도가 일어 잠
이 오지 않는다

잊고 있던 옆구리가 시리다

－「선녀와 나무꾼 · 1」 전문

마흔 번째 겨울을 맞는 바보 총각과 사슴 이야기는 선녀와 나무꾼을 패러디한 시다.

"소주 한 잔을 같이 마시던 사슴"이 마흔 번째 겨울을 맞는 바보 노총각을 향해 "물을 건너고 산 너머에 보아둔 날개옷이 있노라"라고 유혹한다. 그 한마디뿐인데도 마흔 번째 겨울을 맞는 총각은 여태 시리던 옆구리가 더 시리다.

네온 불빛
살아나는 시간
하루의 무게 먼지 털 듯
털어내고
둥지로 돌아가는 사람들

까르르
까르르
웃음꽃 함박으로 피었다

'들어가지 마시오'
팻말 못 본 체 들어가
그 속에 묻혀보고 싶은 웃음 꽃밭이다

버스 하나 와서
웃음소리 한 무더기 실어가고
또 다른 버스 하나
남아 있는 웃음을 쓸어가고

나는 아직도 그 팻말 앞에 서 있다

—「정류장에서」 전문

'들어가지 마시오'라는 팻말 못 본 체 들어간 바보가 겪는 어정찐 이야기이다. 바보 시적 자아의 눈에 "까르르 / 까르르 / 웃음꽃 함박으로 피어나는" 불빛이 환한 세상이다. 심지어 "'들어가지 마시오' / 팻말 못 본 체 들어가" 그 속에 묻혀서 함박웃음의 꽃밭을 만든다. 그의 눈에 들어온 세상은 여전히 "웃음소리 한 무더기 실어가고 / 또 다른 버스 하나 / 남아 있는 웃음을 쓸어가"는 아름다운 세상이다. 약은 사람들만 사는 세상에.

씨가 까맣게 잘 여문
설탕 수박이라지만
통~ 통~
두드려봐서 알 수 있나?
고개만 갸웃갸웃

겉 봐선 모를 수박
칼 들고 봐야
그 속을
알 수 있을까?

아직도 갸웃갸웃

—「수박 고르기」 전문

바보 수박장수 이야기. 씨가 까맣게 잘 여문 설탕 수박이라고 자랑하지만 "통~ 통~/ 두드려봐서 알 수 있나? / 고개만 갸웃갸웃거릴 뿐"이다. 제 아무리 수박장수가 아는 체 해도 "칼 들고 봐야 / 그 속을 / 알 수 있기" 때문이다. 아직도 자신이 없어서 고개를 "갸웃갸웃" 하는 수박장수를 웃음을 머금고 지켜볼 뿐이다. 시인이 수박장수를 비웃지만, 행여 상처가 될 말은 없다.

(…)
왜 그랬을까? 주인에게 품값도 못 받고 버림받아
고갯길 넘던 열이네 머슴 생각이 나던 것은
어쩔까, 어쩔까? 집을 들락거리다
어깨 한없이 가라앉은 머슴 생각 지워지지 않아
한밤중에서야 집에 들어 앉혔다

그날로부터 한 방에 살며
낮에 못 다한 이야기 쏟아내느라
잠을 설친 사이가 되었는데

그의 이야길 듣느라
때로 밤을 새기도 했다

아직 눈동자에 흐르는 빛은 생생하건만
혼자만의 하소연에 지친 까닭이었을까?
성대에 탈이 났다, 수술을 해야 할지
말 못 한다고 내쳐야할지

눈동자에 말 없는 그림은 수 없이 뜨는데
하고 싶은 말씀 다하지 못하시고
풍으로 가신 아버지 같아
아직 한방에서 살고 있는 중이다

– 「고물 텔레비전」 부분

시적 자아가 고물 텔레비전을 버렸다가 다시 찾아와 함께 살게 되는 내력이다.

어느 날 천덕꾸러기로 아파트 복도에 버려진 텔레비전을 보고 "주인에게 품값도 못 받고 버림받아 / 고갯길 넘던 열이네 머슴 생각이 나서" 내내 망설이다가 "어쩔까, 어쩔까? 집을 들락거리다 / 어깨 한없이 가라앉은 머슴 생각 지워지지 않아 / 한밤중에서야 집에 들어 앉혔다"라고, 버렸던 텔레비전과 동거가 다시 시작되었다.

마침내 텔레비전 "성대에 탈이 났다, 수술을 해야 할지 / 말 못 한다고 내쳐야할지" 고민인데, 이번에는 "하고 싶은 말씀 다하지 못하시고 / 풍으로 가신 아버지 같아서" 아직 한방에서 살아가는 중이다. 고물 텔레비전에는 버림받은 바보 머슴과 아버지의 기억이 고스란히 스며있다.

이렇게 시인의 고운 심성이 「고물 텔레비전」에까지 스며들었다. 생활의 주류 그물망에서 벗어나 소소한 이야기 시다.

꽁꽁 갇혔다

행복한 감옥살이다
어느 날 그대의 눈빛을 본 죄로
마음의 수갑을 채운 채 생포되었지
나만의 자유는 막을 내렸다
그래도 행복해 하는 이유는 무얼까?
사랑이란 창살에 갇혀
또 사랑이란 이름의 밥을 먹어도
지나가는 시간이
어느 보석보다 더 아까우리만큼
행복한 이유는……

꽁꽁 갇혀
무기 징역이란다
내
무슨 죄를 지었기에

— 「무슨 죄를 지었기에」 전문

사랑에 빠지면 바보가 된다는 세상의 흔한 말을 패러디했다. 그래서 “짝사랑을 행복한 감옥살이다”라고 했다. 그가 행복한 감옥살이 하는 죄를 “어느 날 그대의 눈빛을 본 죄로 / 마음의 수갑을 채운 채 생포되었지 / 나만의 자유는 막을 내렸다”라고 했다. 행복한 중에 “사랑이란 창살에 갇혀 (…) / 무기 징역이란다 / 내 / 무슨 죄를 지었기에”라고 투덜댄다. 바보처럼.

6. 우리의 삶이여! 세파에 대한 냉철한 시선

이곳에서는 시인의 ‘어정쩐’ 어조가 사라지고 본질을 직시하고 탐구하는 냉정한 현상적 진술로 바뀐다. 대신 삶에 대한 진지한 성찰이 엿보인다.

아랫목처럼 내 사랑 따습던 겨울을
다시 불러올 수만 있다면
떠나보낸 사람도 다시 불러올 수 있으련만

오늘은 누구의 애원이 저리 깊어
무심천 벚나무 빈 가지에
하얀 꽃은 함박으로 피었는지

햇살에 녹여 보낸 겨울을 그리는
누구의 바람 저리도 사무쳐
시리지 않은 눈 내리는지

사람들을 밤새 불러내고 있는
벚꽃 피던 밤, 난 그걸 생각하느라
새벽이 밝도록 하얀 꽃잎만 헤고 있다

– 「누구의 바람 저리도 깊어」 전문

시적 자아는 벚꽃이 지는 애상의 하얀 봄밤의 낭만적인 서정에 취해 새벽이 밝도록 하얀 꽃잎만 헤고 있다. "사람들을 밤새 불러내고 있는 / 벚꽃 피던 밤"은 근원과 현상에 대한 탐구에서 기인한 낭만의 세계로, 어떤 문학적 수사나 이론으로 접근할 수 없는 시의 세계이다.

불쑥,
너무 힘들게 해 어쩌냐며 건너온
그녀,
미안해하던 마음 싱싱했는데
삶에서 지우지 않아 고맙단 말
달콤하게 향기로 느껴졌는데
바쁜 일상에 밀려 잊고 말았다

여기 좀 봐요, 여기
구석에서 날마다 소리치며
목이 쉬어가고 있었는데
얼마나 소리 지르며 애태웠는지
쭈글쭈글 늙어서 몰라 볼 뻔 했다

반짝임은 어데 가고 주름만 남았는지

눈치 없이 산 내가 괜스레 미안해져
다시 보고 싶지 않던 마음도
시들시들, 시들시들
달콤하게 아삭거리던
그녀가 늙어버린 뒤에야
그녀의 목소리가 들리는

미안해요 미안했다니깐요.

– 「늙어버린 사과, 그녀」 전문

시적 자아는 오랜 세월이 지나 "불쑥, / 너무 힘들게 해 어쩌냐며 건너온 / 그녀,"를 대면한다. 시적 자아는 보자마자 "얼마나 소리 지르며 애태웠는지 / 쭈글쭈글 늙어서 몰라 볼 뻔 했다"라고 했다. "(옛적) 반짝임은 어데 가고 주름만 남았는지" 팍 늙어버린 그녀에게 연민을 느끼면서 오히려 "눈치 없이 산 내가 괜스레 미안해져"라고, 그녀를 동정하고 있다. 그렇지만, "다시 보고 싶지 않던 마음도 / 시들시들, 시들시들"이라고 했으니 그동안 넓고 따뜻하기만 했던 시인의 성정과 달리 냉정하다. 이 시는 그녀와 끝내 냉정하게 거리를 두고 있어서 지금껏 보아온 시인의 성정에 맞지 않는 시로 보인다.

시의 끝자락에 "달콤하게 아삭거리던 / 그녀가 늙어버린 뒤에야 (…) 미안해요 미안했다니깐요."라고 고백하는 그녀를 둔 채 냉정하게 시를 마무리하는 이유가 뭘까.

사막을 걷는 사람이 있지 한낮의 땡볕에 잘 달구어진 길은 몹시 뜨거웠어 아무 생각 없이 내민 발을 찌지직 찌지직 태우기 시작한 열기는 제 몸 위를 지나는 모든 것들을 호르르 호르르 사막으로 만드는 중이지

사막이 끝나면 또 다시 사막을 만들고 만들어 그 자리에 우울우울 샘을 파는 중이야, 신기루가 보였어 샘을 파면 팔수록 이상하게도 주변은 어두침침하고 음습하기까지 했지 하고 싶은 말들은 순식간에 모래알이 되어 사방으로 흩어졌어

오아시스를 찾아가야 하는데 길이 뜨거워 한 발짝도 뗄 수 없어 누군가 먼저 발을 사르며 오아시스까지 도착했다는 소식이 들렸지만 앞을 향해 갈 엄두가 나지 않아 우울우울 샘을 파고 있지
(…)

— 「우울우울 샘을 파는」 부분

이 시는 삶의 과정을 사막의 샘 파기에 비유하고 있다. "사막을 걷는 사람이 있지 (…)" 사막 위로 아무 생각 없이 발을 내밀었고, 발을 태우기 시작한 열기는 새로운 사막을 만든다. 사막이 끝나면 또다시 사막을 만들고 만들어 그 막막한 사막에 우울우울 샘을 파는 어느 인물이다. 멀리 신기루가 보이고, 오아시스를 찾아가는 꿈이 있지만 당장 앞길이 뜨거워 한 발짝도 뗄 수 없어서 제 자리에서 우물만 파는 어느 삶이 있다.

사막에서 우울우울 샘을 파는 어느 삶이 바로 우리네 삶의 복판이라고 화두를 던지는 것은 아닐까.

7. 나오며 - 바람이 분다

높은 산 깊은 골에 황소바람이 훑고 지나갈 때 주위의 작은 골에는 잔잔한 바람이 일렁이거나 정적으로 휩싸여 포근하기까지 하다. 이곳에 사람이 산다.

박찬순의 시는 황소바람을 비켜서 낮은 골 잔잔하거나 포근한 바람 속에 있다.

바람이 분다. 박찬순 시인의 시를 바람에 실어 세상에 보낸다.

그림이 비를 맞다

초판 인쇄 2024년 12월 24일
1쇄 발행 2024년 12월 30일

지은이 박찬순
만든이 박찬순
만든곳 예술의숲
등록 2002. 4. 25.(제25100-2007-37호)
주 소 · 충북 청주시 상당구 교서로 2
전 화 · 070-8838-2475
휴 대 폰 · 010-5467-4774
이 메 일 · cjpoem@hanmail.net

SBN 978-89-6807-219-2 03810